Estes são a Dorinha e o seu cão-guia, o Radar. Ela é uma menina muito inteligente, simpática e bastante extrovertida. Tem vários amigos e participa das brincadeiras e aventuras da sua turminha.

Todos ficam muito surpresos com as habilidades da amiga. Dorinha consegue reconhecer cada um pelo cheiro e pela voz.

Esta é a vovó Zinha querida, que é como Dorinha a chama. Ela ensinou a neta a "ver o mundo de uma maneira diferente".

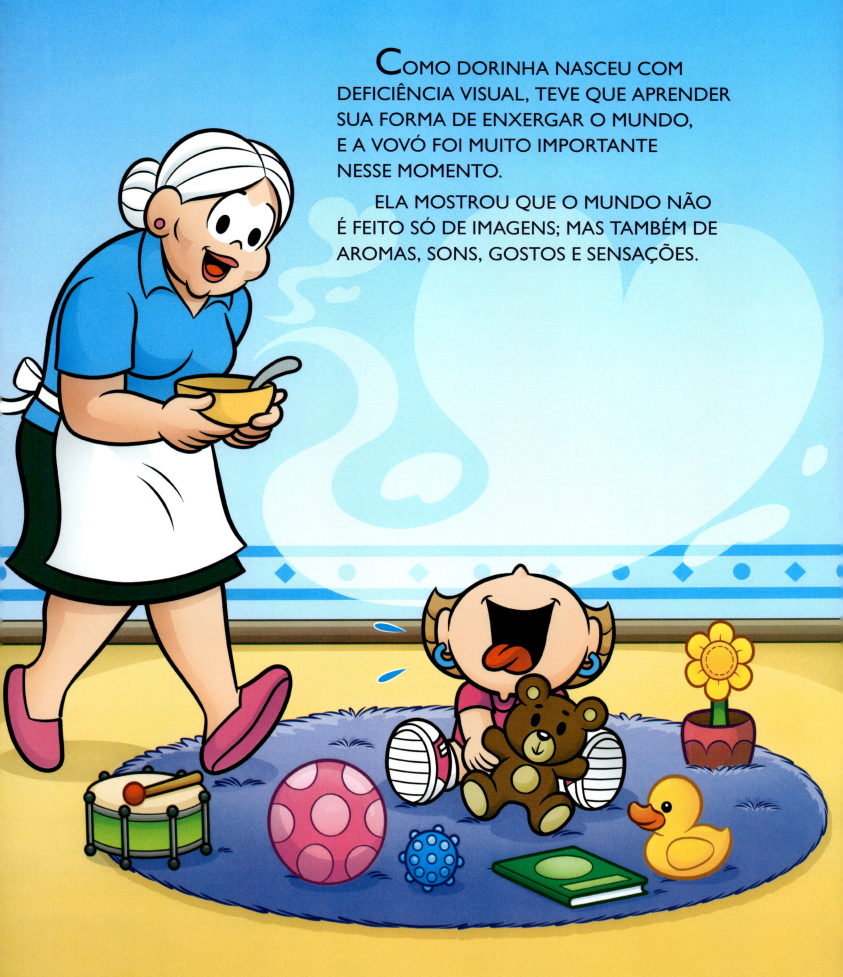

Como Dorinha nasceu com deficiência visual, teve que aprender sua forma de enxergar o mundo, e a vovó foi muito importante nesse momento.

Ela mostrou que o mundo não é feito só de imagens; mas também de aromas, sons, gostos e sensações.

A VOVÓ SEMPRE INVENTAVA PASSEIOS POR LUGARES DA NATUREZA, POIS QUERIA QUE SUA NETINHA VISSE E SENTISSE A BELEZA DAS FLORES, DAS PRAIAS, DOS CAMPOS.

Vovó Zinha queria tanto partilhar esses momentos com Dorinha que fechava seus olhos para sentir a textura das pétalas, a aspereza das pedras, a maciez da areia, a pontada dos espinhos, a suavidade das águas.

Assim, as duas sentiam o toque da brisa no rosto, a força do vento despenteando os cabelos...

Sentiam o cheiro do orvalho, da terra e o cheiro adocicado das flores. Podiam também apreciar o gosto salgado do mar. Que delícia!

Dessa forma, tanto Dorinha quanto Vovó Zinha iam descobrindo juntas um mundo novo.

Vovó Zinha também gostava de explorar o mundo dos sons. Por isso, ela e Dorinha frequentavam os mais diferentes lugares em que a música imperava: orquestras maravilhosas, *shows* de *rock*, bailes de carnaval, escolas de samba ou uma sinfonia de pássaros num bosque.

Naqueles passeios, as duas viajavam pelas melodias e podiam saborear cada nota musical.

No paladar, as delícias não tinham fim. Comidas e sobremesas de todos os gostos e sabores. Gastronomia local e mundial, uma experiência nova sempre!

Vovó fazia os pedidos e a neta ia conhecendo, reconhecendo e saboreando os mais diferentes gostos. Salgados, doces, ácidos, amargos... Ah, e não podiam faltar as frutas tiradas diretamente do pé, é claro. Hummm!

Vovó também incentivava Dorinha a reconhecer os aromas: os perfumes das amigas, as fragrâncias das flores e das frutas, o café acabado de coar, o cheiro de talco dos bebês, o suor do papai quando corria e até mesmo... o pum fedido dos amigos. Há, há, há!

Dorinha gosta de conhecer as feições das pessoas pelo tato. Ela consegue até perceber o sentimento de cada um apalpando seu rosto ou ouvindo seu tom de voz.

E TAMBÉM SABE QUEM ESTÁ CHEGANDO PELOS PASSOS. INCRÍVEL, NÃO É MESMO?

Mas o maior presente que Vovó Zinha lhe deu foi seu inseparável amigo, o cão Radar. Além de ser um bichinho de estimação, o labrador funciona como "seus olhos" em todos os momentos. Um cão-guia treinado para lhe dar liberdade e autonomia e deixá-la segura.

Radar é mesmo um companheiro de todas as horas! A turminha também gosta muito desse cachorro tão carinhoso.

Vovó Zinha também partilhava com a neta o gosto pela moda. Iam juntas a desfiles e frequentavam *shopping centers*. Vovó descrevia as revistas de moda e as duas experimentavam tudo em perfeita combinação.

Óculos e acessórios são os preferidos da menina!

Dorinha é sempre consultada pelas amigas quando o assunto é moda. Ela até foi eleita a mais "fashion" da turma!

E NÃO É QUE A VOVÓ ZINHA BORDAVA E COSTURAVA MUITO BEM? POR ISSO, ENSINOU A NETA A BORDAR. ERA IMPRESSIONANTE TUDO O QUE A DUPLA CONSEGUIA CRIAR.

Os bordados de Dorinha sempre fizeram muito sucesso. Vovó Zinha até ganhou novas alunas, pois as amigas da neta também quiseram aprender a bordar.

**N**O ENTANTO, DE TODOS OS MOMENTOS QUE AVÓ E NETA PASSAVAM JUNTAS, O PREFERIDO DE DORINHA ERA A HORA DA HISTÓRIA. VOVÓ ZINHA LIA MUITOS CONTOS, DESCREVENDO CADA CENA EM DETALHES.

Dorinha ficava imaginando as paisagens mais deslumbrantes, as aventuras mais emocionantes, as batalhas mais aterrorizantes, os vilões mais arrogantes e os finais felizes mais brilhantes.

Os detalhes eram tão precisos nos personagens, cenários e ações que Dorinha podia imaginar tudo com grande facilidade.

Na voz da vovó, Dorinha era a princesa em perigo, a brava guerreira, a exploradora de um planeta novo. Às vezes, era uma fada, em outras, uma bruxa.

Romances, mistérios, aventuras e suspenses, nada escapa aos dedos ágeis e à imaginação fértil da menina!

Hoje, a vovó Zinha não está mais entre nós.

Mas seus ensinamentos e suas lembranças estarão sempre em nossos pensamentos e corações! E, por essa razão, ela viverá para sempre nas lembranças de Dorinha...

Mauricio de Sousa nasceu em 27 de outubro de 1935, numa família de poetas e contadores de histórias, em Santa Isabel, no interior de São Paulo.

Ainda criança, mudou-se para Mogi das Cruzes, onde descobriu sua paixão pelo desenho e começou a criar os primeiros personagens. Com 19 anos, foi para São Paulo tentar trabalhar como ilustrador na *Folha da Manhã* (hoje *Folha de S.Paulo*). Conseguiu apenas uma vaga de repórter policial.

Em 1959, publicou sua primeira tira diária, com as aventuras do garoto Franjinha e do seu cãozinho Bidu. As tiras de Mauricio de Sousa espalharam-se por jornais de todo o país, levando-o a montar um estúdio que hoje dá vida a mais de trezentos personagens.

Em 1970, lançou a revista *Mônica* e, em 1971, recebeu o mais importante prêmio do mundo dos quadrinhos, o troféu Yellow Kid, em Lucca, na Itália. Seguindo o sucesso de Mônica, outros personagens também ganharam suas próprias revistas, que já passaram pelas editoras Abril e Globo e atualmente estão na Panini. Dos quadrinhos, eles foram para o teatro, o cinema, a televisão, a internet, parques temáticos e até para exposições de arte.

Paula Furtado é formada em Pedagogia pela Pontifícia Universidade Católica de São Paulo.

É psicopedagoga e arteterapeuta pelo Instituto Sedes Sapientiae e especialista em Neuropsicopedagogia e Contos Infantis.

No mundo editorial, é escritora infantojuvenil com dezenas de livros publicados e coautora em diferentes antologias para diversas editoras. Divide sua paixão fazendo contação de histórias para o público infantil.

Atuou como professora de Educação Infantil e Ensino Fundamental na rede particular de ensino.

Também é responsável pela criação e patente de diversos jogos pedagógicos, como Desafio, Desafio Folclore, Ligue 4 da letra R, Detetive de Palavras, entre outros.

Além disso, é assessora pedagógica em escolas da rede pública e particular e trabalha em consultório particular com crianças e adolescentes com dificuldades de aprendizagem.

Saiba mais em www.paulafurtado.com.br.